金羽诗集

◎和金星 著

云南出版集团
云南人民出版社

图书在版编目（CIP）数据

金羽诗集 / 和金星著. -- 昆明 ：云南人民出版社，2018. 1

ISBN 978-7-222-16839-8

Ⅰ. ①金… Ⅱ. ①和… Ⅲ. ①诗集－中国－当代 Ⅳ. ①I227

中国版本图书馆CIP数据核字(2017)第304355号

责任编辑：刘诚林
装帧设计：沈正红
责任校对：陈　晖
责任印制：洪中丽

金羽诗集

和金星 著

出版　云南出版集团　云南人民出版社
发行　云南人民出版社
社址　昆明市环城西路609号
邮编　650034
网址　www. ynpph. com. cn
E-mail　ynrms@sina. com
开本　889mm×1194mm　1/32
印张　5. 375
字数　100千
版次　2018年1月第1版第1次印刷
印刷　昆明频安印务有限公司
书号　ISBN 978-7-222-16839-8
定价　30. 00元

云南人民出版社公众微信号

如有图书质量及相关问题请与我社联系
审校部电话：0871-64164626 印制科电话：0871-64191534

NUQ JA
1984 4
怒江
怒江傈僳族自治州建州三十周年专号

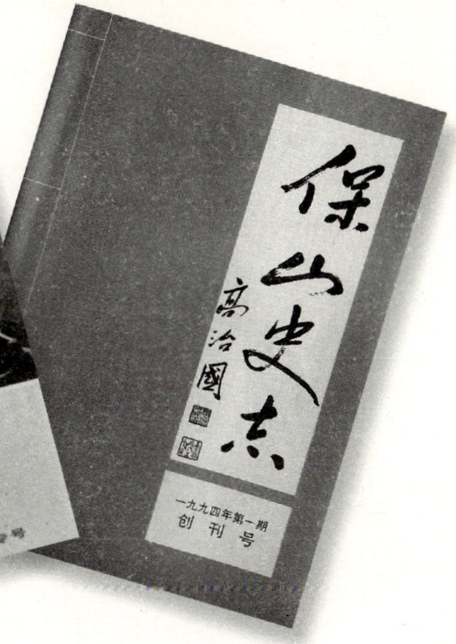
保山史志
高治國
一九九四年第一期
创刊号

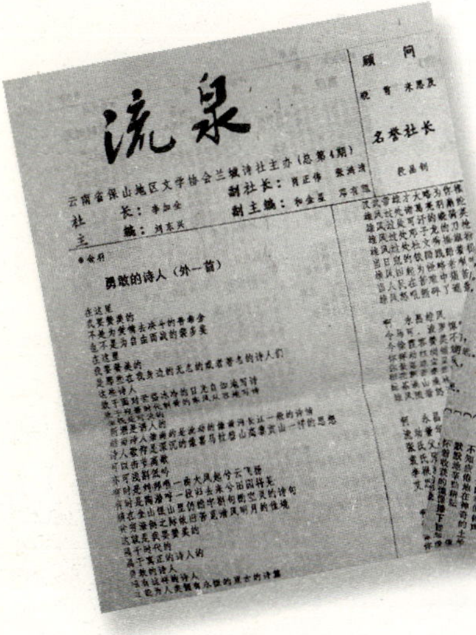
流泉
顾问
名誉社长
勇敢的诗人（外一首）

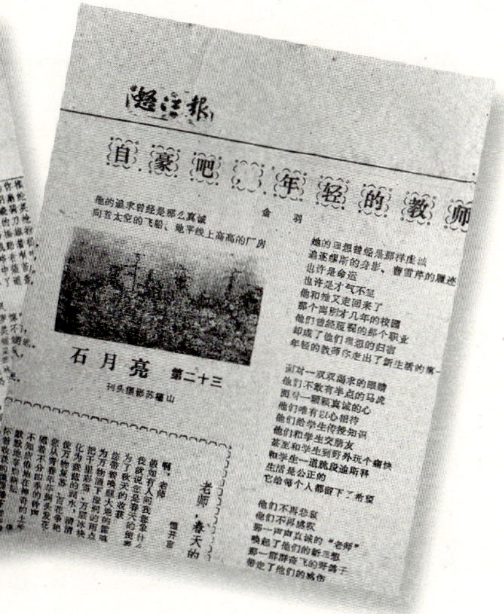
怒江报
自豪吧，年轻的教师
石月亮 第二十三

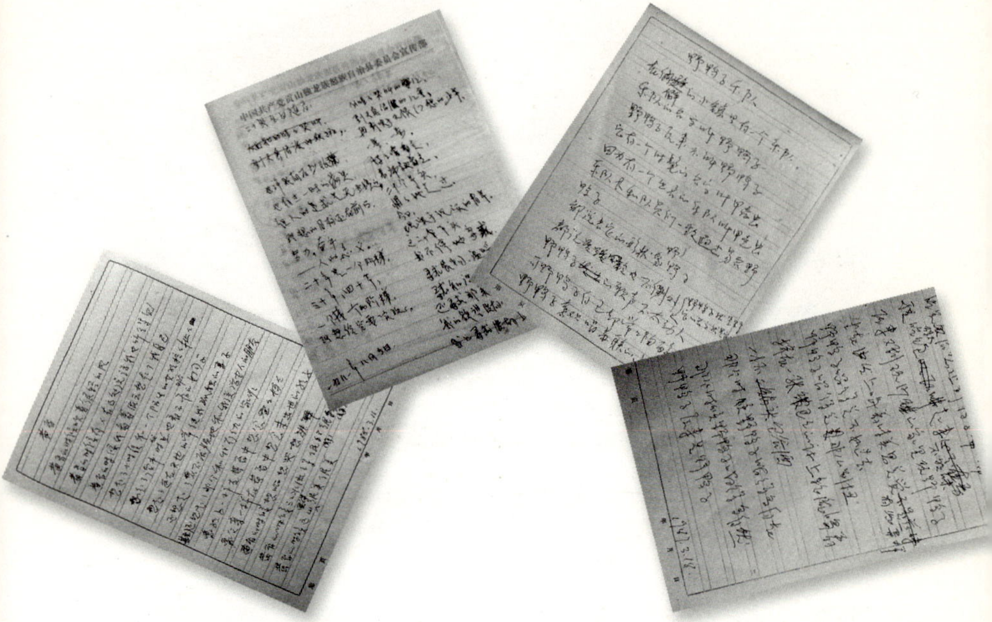

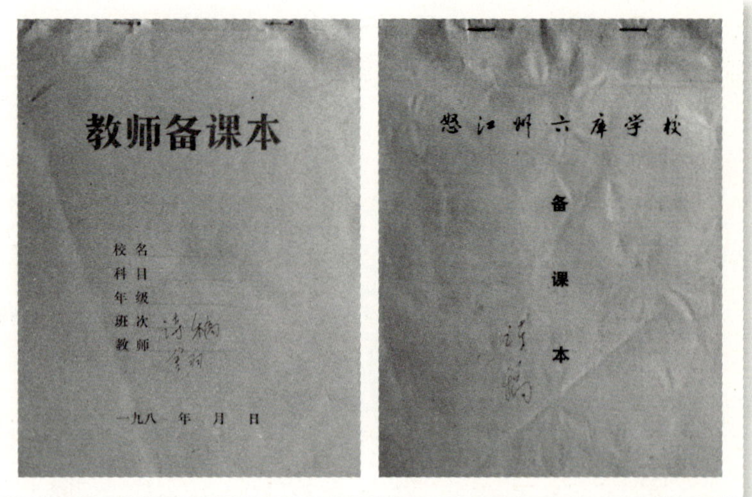

教师备课本
校名
科目
年级
班次
教师
一九八　年　月　日
怒江州六库学校
备
课
本

金星有“家园”

禹志云

金星的诗集即将付梓。

接到金星让我为其诗集写序之邀,惶恐之余又颇有些兴奋。翻开诗稿，立即被带入金星灵魂的律动。想起近四十年的相处，忆及点点滴滴，忍不住欣然命笔，完成他交给我的“作业”。

金星姓“和”，是我大学同学。那一年，确切地说，就是恢复高考之后第三年的1979年，我们一同考入了西南联合大学在昆明的遗脉——昆明师范学院，就读于中文系汉语言文学专业。四年后，我们中的一大部分成了光荣的人民教师，还有一部分当了公务员。金星是同学中为数不多的既当过教师，又成为一名公务员的人。

金星爱诗。

在二十世纪七八十年代，几乎所有大学中文系的学生都怀揣着作家梦，诗人梦。金星也不例外，他爱诗，他读诗，他也写诗。

大学四年，金星几乎读遍了“中国古代文学”“中国现当代文学”和“外国文学”课任课老师要求读的诗作，“除了古典诗词，新诗是我热爱的学科，郭沫若、戴望舒、闻一多、艾青、郭小川、何其芳都是学习的对象，读多了，就揣摩着写点诗，自我陶醉，写了不少。”（《〈二十岁生日随感〉后记》）他悄无声息地向着他热爱的诗的方向努力着：

……

也许我有过不少收获，

也有过一时的满足。

但理想的目标还在前面，

努力，奋斗，

——一个人的意义。

二十年是一个阶梯，

一个接一个的阶梯，

理想终究要实现。

——《二十岁生日随感》1981年8月5日

他初心未改，这爱，竟已持续了三十多年。

金星有诗。

云南是一个多民族省份，滇西和滇西北地区生活着白族、纳西族、藏族、怒族、独龙族、傈僳族、傣族等众多少数民族，金星就出生在滇西北怒江贡山县一个普普通通的纳西族家庭。他曾先后在滇西北的怒江州、滇西的保山市工作过，所经所历无不浸染着云南少数民族特有的醇厚与真诚，他热爱着生于斯长于斯的土地，更热爱养育他的父老乡亲，他诗作的灵感大都源自这片沃土和这里勤劳善良的各族人民：

击竹声声

吆起一群山鸟

报道着山里苞谷的成熟

……

家家捣米

阿娜把秋粮收起

——《贡山之秋拾零》1981 年 11 月 24 日

看到这片土地上老百姓的生活与内地生活的距离，他痛心，“千百年来它是在哀嚎，为它的子民悲伤，为它的子民哭泣”，当看到“怒江”那个“倔强的父亲”，“它要甩掉落后的帽子”，“它挽起它的子民，前进了，前进了”的时候，他相信，“怒江峡谷也能实现现代化”（《怒江颂》1982 年 4 月 8 日）。怒江给了他抒写不尽的源泉，高黎贡山给了他无数的遐想：

是男人就要像腰间的长刀那样坚硬

是女人就要像头上的裹带那样缠绵

谁都说怒江像一个结实的男子汉

谁都说怒江不是一个纤弱的女子

像开辟一条原始森林中的小路一样

你创造了一个令人惊叹的峡谷

在你的峡谷中你孕育了大胆的民族

……

——《怒江之歌》1986年

为了诗情，他曾经徜徉于古老的《创世纪》，在梦中寻找自己民族先民的殉情故事，在一个个纳西族民间故事中释放自己（《创世纪》《梦》《玉龙第三国的悲歌》）；为了诗情，拨动着吉他的“六根大小不同的琴弦”，亦如在“六条流淌的小河”中唱着一支“古老而永恒的歌”（《吉他》）；为了诗情，他甚至在与同学结伴而行的路上也能够“带着一颗最虔诚的心”，拾起万般憧憬（《峨眉山拾回的诗》），让“笑声、歌声、吟诗声，在小马车上空回荡”（《小马车》）……

金星有家园。

爱诗，写诗，最终都熔铸着金星深沉的家园情怀。

哲学家海德格尔说：“所有诗人的诗都是回家的。”海德格尔也是最早明确提出哲学与美学中的“家园意识”的。他在其著作《存在与哲学》中描述了此在世界的内涵，认为其中包含的“居住”“逗留”“依寓”即家园之意。“人，诗意的栖居”这样经典的论断就是出自他的《诗·语言·思》。家园，是作家、艺术家的一种文化情结，也是主体情怀中的审美理想，它蕴含了作家、艺术家创作的深层动机，也包含了作家、艺术家的深层文化心理。古往今来，家园一直是世间万物的栖息地，是作家、艺术家采撷诗情的地方，也是作家、艺术家情感的皈依之地，它涵养了作家、艺术家的品质内涵，使其在精神上和心灵上寻找到一种安全感和归属感。金星正是带着这种家园意识进入诗歌创作的天地的。他心怀感恩地从故乡走来，又满怀深情地向故乡走去，他的作品中所表现的对故乡山水、故乡人民的赞美，饱含了作者对故园的深情眷恋，也正是对故土的赤诚之心，使得他的作品充满了纯净、深沉而浓厚的家园气息，我们从中看到的是作者精神的依归。这样的赤子之心，同时也是作者深沉人文情怀的体现。

脚，稳踩着大地；根，深埋在土里。我一直认为，《诗经》之后，优秀的诗作都具有“十五国风”的传承，其最大的特点是诗人们接地气。读金星的诗作，我也有这样的体会。《玉龙山 高原的轿子》中那个和金沙江姑娘一起来的“玉龙山”，叙事诗《母亲》中的“母亲”“火塘”，为国画《乡情》所配的诗作《乡情》中的“乡情”，还有“大峡谷”“攀枝花”“男人”“女人”“阿娜”“村姑”，怒江的“小河”“野芭蕉”等众多的意象，都有了灵性，这些意象，倾注着的又何止是作者的思绪，它简直就是作者对怒江、对故乡的深深眷恋，是作者家园意识的审美体现。

曾卓曾有诗写道：

当我年轻的时候／在生活的海洋中，偶尔抬头／遥望六十岁，像遥望一个远在异国的港口。

经历了狂风暴雨，惊涛骇浪／而今我到达了，有时回头／遥望我年轻的时候，像遥望／迷失在烟雾中的故乡。

——曾卓《我遥望》

很久以前，我们都曾遥望过六十岁，像遥望一个远在异国的港口，几十年过去了，金星并没有让故乡迷失在远方，他心中有家园，有故乡的桃花，有“阿娜”，有“溜索”，有“攀枝花”，还有那古老的《创世纪》……

突然想起那句很俗的话：“人生不仅只有眼前的苟且，还要有诗和远方。”不过，俗归俗，人生有涯，如白驹过隙，假若我们真的没有了远方，那么，活着又有什么意义呢！

“捧着一颗心来，不带走一根草去。”下意识中，我突然萌生一个奇妙的想法：我想提上一壶绵香醇厚的老酒，到金星的茶桌边，去和他，就着老酒和茶，品读春的喧闹，吟唱着悠远的民歌，一醉方休。

2017 年国庆节于寒舍书房

目录 金羽诗集 Contents

二十岁生日随感

从哇哇哭叫的婴儿，

到天真活泼的儿童，

再到富于无限幻想的少年，

一步、一步，

妈妈牵着走，

老师领着走，

二十个年头，

悄悄地走过，

今日，

已是富于现实的青年。

这二十个年头，

我不停地寻求，

寻求食物、温暖，

寻求知识、理想，

还寻求那美妙的爱情。

我的欲望没有休止，

我的寻求没有止境。

也许我有不少收获，

也有过一时的满足，

但理想的目标还在前面，

努力、奋斗

——人的意义。

二十年是一个阶梯，

一个接一个的阶梯，

理想终究要实现。

1981年8月5日

后记：我20岁的生日是1981年8月4日，这首诗应该是生日第二天写的，已想不起是在哪里写的。这是我保留的有点诗的感觉的较早的一首诗，很幼稚，很直白，但确实是诗言志的践行。1979年9月踏进了昆明师范学院的大门，在中文系开始了快乐而勤奋的学习生活。除了学习古典诗词，我也很喜欢阅读新诗，郭沫若、戴望舒、闻一多、艾青、郭小川、何其芳都是学习的对象，读多了，也就揣摩着写点诗，自我陶醉，写了不少。写好的诗，多躺在书夹里，偶有发表，也只是在校园的墙报上。开始写的诗，都是打标点符号的，但后来就不打了，省事，且有助于诗情的跳跃。今天编辑过去写的诗，仅将此诗的标点符号作原样保留。

贡山之秋拾零

一

击竹声声

吆起一群山鸟

报道着山地里苞谷的成熟

二

阵阵蝉鸣

啼落了树上的核桃

三

夕阳西下

人们把蜂巢寻找

四

马达声声

乐坏了脱粒机旁的阿普

五

笛声跳跃

人们跳起丰收的舞

六

处处人群

把情歌对唱

七

家家捣米

阿娜把秋粮收起

1981 年 11 月 24 日写于昆明师院

后记：贡山独龙族怒族自治县居住着独龙族、怒族、傈僳族、藏族、纳西族、汉族等民族，其中傈僳族人口最多，我从小接触的同学朋友多为傈僳族，我的傈僳话讲得地道，对傈僳族文化也较之贡山主体民族——独龙族、怒族更为了解。贡山之秋更多的是傈僳山寨的情景。阿普是傈僳族对大儿子的称呼，老二称阿兜，老三称阿克，老四称阿此，老五称阿匹，再往下就用箭筒、箭等称呼代替，很有意思。大女儿称阿娜，二女儿称阿妮，三女儿称阿恰，四女儿称阿嘟。生活中用得最多的是阿普、阿娜，有子女的成人一般都被称为阿普他爸、阿娜他妈。其他民族的大儿子、大女儿也常常被称为阿普、阿娜，我也是常常被傈僳族长者称为阿普的。因此诗中的阿普、阿娜有时也并非实指。

年轻的护士

医院里有一棵白桃花
洁白、美丽
像一朵朵雪花落在枝头

树下走过一个年轻的护士
洁白、美丽
像枝头盛开的朵朵桃花

白色的外表
裹着一颗火红的心
青春的面容
开着理想的花朵

她是桃花
在医院里开放
她是护士
在病人的心中闪烁

把青春和美丽献给病人

把理想和爱情留在医院

年轻的护士和桃花一起开放

注： 1982 年 3 月 4 日到工人医院探望病中的表哥，在医院见到一株正在开放的白色桃花，得此诗。

后记： 诚如注中所言，这是在医院看到桃花后有感而作。

怒江颂

啊，怒江
像千万头发怒的狮子
顺着山谷
咆哮着向南奔去
留给两岸一声声号令
前进！前进
高黎贡山也在呼喊
前进！前进
碧罗雪山也在呼应
前进！前进

多少年啊多少年
怒江不停地咆哮着
在这咆哮声里
它缔造了高黎贡山
它缔造了碧罗雪山
它孕育了一个强悍的民族

可是，它也给两岸留下了
贫穷、落后、悲伤

一代又一代啊
怒江的子民
刀耕火种
吃不饱
穿不暖
最苦的是出门行路难
山高水深
一座座大岩子
猴子过路也要掉眼泪
滚滚的怒江上
一只只独木舟
不知送了多少人的命
一条条竹篾溜索
不知有多少人丧了生

啊，怒江
千百年来它是在哀嚎
为它的子民悲伤

为它的子民哭泣

今天
怒江发出了前进的号令
这是时代的号令
这是祖国的呼声
怒江是一个倔强的父亲
它要抛掉落后的帽子
它怒了呀
为着一个落后
它怒了呀
它挽起它的子民
前进了，前进了

啊，前进了
怒江前进了
汽车在两岸行驶
铁桥飞过怒江
一座座高楼大厦在峡谷矗立
一个个新城在峡谷出现
阿普开起了解放牌

阿娜当上了女教师

日子一天比一天好过

生活一天比一天甜美

怒江在前进

带着笑声在前进

千百年被眼泪压抑的怒江

今天前进了

听，怒江峡谷回荡着歌声

这是两岸人民在歌唱

歌唱祖国

歌唱党

歌唱伟大的事业

怒江的子民在奋斗

他们坚信

怒江峡谷也能实现现代化

1982 年 4 月 8 日写于昆明

后记：在怒江生长，对怒江有感情，出来后感知怒江的落后，真切希望怒江进步，于是写下这样的诗。然而，今天怒江的变化实非当时我所能想象，交通、通信、城市、农村以及人的素质都发生了当年不可能预见的发展变化。

雪花

白天下雪，怒江边的村寨是不会积雪的，傈僳人说这是

因为雪害羞

白天

鹅毛般的雪花

漫天飞舞

飞舞，飞舞

地面上

有无数它们的观众

据说是羞涩

它们一到地面

就融进了大地

夜晚

这朵朵雪花

漫漫飘荡

飘荡，飘荡

地面上

一切都已入睡

据说是等待观众

田野、树梢、屋顶

到处是白色的演员

清晨

枝头欲落的积雪

又把娇羞的姿态摆弄

1982年5月3日写于昆明

后记：小时候看到积雪，总是在寂静的早晨，有感而作。

给阿娜

你的家在大山的深处

那里有一条小溪

天天流淌着香甜的水

我最喜欢这条小溪

你曾告诉我

因为它你们才在这里居住

没有水的大山

不会有森林

也不会有鸟鸣

更不会有人间烟火

啊，我知道了

是这条小溪孕育了你

是这条小溪养大了你

我的爱情啊

离不开这条小溪

你的家在大山的深处

那里有一片绿色的森林
天天鸣奏着生命的歌曲
我最爱这片绿色的森林
你曾告诉我许多它的秘密
森林开出了绚烂的花
森林结出了丰硕的果
森林养育了飞鸟、走兽
你阿妈用双手采撷果实
你阿爸用弓箭获取猎物
啊，我知道了
是森林养活了你
是森林培育了你的性格
你是森林的骄子
我的爱情啊
离不开这绿色的森林

你的家在大山深处
那里有一个倔强的民族
虽然他头上还顶着一个落后
刀鞘里还藏着一个野性
但他有一个倔强的性格

有一个坚定的信念

像大山

像森林

像溪水

生命里永远有不灭的元素

脉搏合着时代一起跳动

血管同全中国一样流淌着热血

啊，我知道了

这个民族是你的父母你是这个民族的爱儿

我的爱情啊

离不开这个倔强的民族

后记：这首诗用爱情的方式歌颂一个地方和一个地方的民族，在追求结构的对称中，显示构思的巧妙。

春到高黎贡山

春天呀

从怒江边

一步、一步

来到了山寨

前几天

阿普从县城开会回

说江边的桃花已开放

今天呀

山寨家家都是桃李花香

一大早呀

阿普就去挖地

阿娜就去放羊

如今是

党的政策比春风暖

包产到户免税收

傈僳人的日子像登山

十多年呀
没有一年够吃饭
山坡上的大寨田呀
开出一块塌两块
大锅饭和着刮麦恶[1]
吃来苦又酸
羞愧呀
年年国家救济粮

山花烂漫
是因为春天到来
傈僳人笑了呀
是因为生活有了希望
请听阿普的誓言
我们一定要富起来
不向国家伸手
还要上缴余粮

注：①刮麦恶，傈僳语，一种野菜。

后记：怒江由于历史、地理等多重原因，生活在这里的各民族比之内地发达地区落后贫穷，作为改革开放初期考入大学的我，心中充满革命的理想，表现在诗中就是那种可爱的济世思想。

失去的爱情

我的花瓶里
有一束杜鹃花
它已失去了
鲜红的颜色
枯萎了
卷缩了

我不愿再换一束新鲜的花
让这瓶枯萎的杜鹃
永远放在那里

送花的人去了
留下这束枯萎的杜鹃
是恨、是悔
是惆怅、是迷惘
我的心碎了
枯萎的花怎能再红

失去的爱情又怎能再回

1982年4月写于昆明

后记：这应该属于少年不知愁滋味的做作之作。

星期六的晚上

星期六的晚上
没有月亮
没有星星
路灯蒙着一层纱

灯下我逢着了她
几星期不曾见了
她却想低头走过
我说：且住
把爱情还给我
她说：到别处去寻找吧

又一个星期六的晚上
我在灯下彷徨
这回我寻到了
满天繁星和一弯新月

1982 年 4 月 24 日写于昆明

后记：30 多年过去了，这首诗的创作背景我还记得。这是有感于一位男同学的失恋而写的诗，诗中流露出对负心女的埋怨。这首诗曾在中文系主办的红烛文学社的墙报上发表，30 多年后同学李翔居然还记得这首诗，见面便打趣道：且住，把爱情还给我。

故乡的桃花

故乡的桃花
有着粉红的颜色
一瓣一瓣
连成一团团粉红的云
一树一树
映红了一个山寨

茅屋顶落满了花瓣
桃树下的家禽
也点缀了满身的斑斓
一阵轻风
落下飘飘的红雨
打在春姑娘的脸上
翻滚着
又掉进了新翻的泥土

故乡的春天

是一条桃色的飘带

拉出了满山的美丽

1982年4月25日写于昆明

后记：贡山的桃树很多，路边、房前屋后，甚至远离村寨的山坡上，都有桃树生长。每到春天，桃花满树开放，峡谷中到处是粉红的色彩。秋天，桃子成熟了，不管是哪里哪家的桃子，你都可以任意采摘。从小，我对桃花、桃子有着深刻的印象。

我的忧郁

我的忧郁
是一片秋天的霜叶
她把我夹入
一本古旧的书中
她从此
不再翻这古旧的书
我在书中
长久地忧郁

我的忧郁
是一片秋天的霜叶
我在书中
一天比一天枯瘦
古旧的书的气味
是我生活的食粮
只要这气味不灭
我的忧郁也永远生存

我的忧郁

是一片秋天的霜叶

我在等待

有那么一天

她无意间

翻开了这本古旧的书

1982年5月7日写于昆明

后记：这应该是当年苦思冥想得来的诗句，以夹在书中的霜叶自喻，忧郁中等待明媚的爱情。

梦

她唱着一支古老的歌
乘着一只美丽的白鹤
从天边
从地缘
悠悠地向我飞来

她渐渐地近了
那歌声是古老的《创世纪》
讲述着
丛忍利恩和衬红保白的故事
哦，她的脸是羞红的
眼里放着醉人的光
她身上披一件七星羊皮
手里捧着一个新的时代

白鹤慢慢落地
我轻快地骑上白鹤

我和他一起起飞了

为了开创新的生活

1982 年 5 月 7 日写于昆明

注：从忍利恩和衬红保白是纳西族《创世纪》中的人类祖先，关于他俩，有战天斗地的故事，也有白鹤牵线的优美的爱情传说。

后记：上大学后，从学校图书馆借阅了《纳西族文学史》《创世纪》《纳西族民间故事》等书，逐渐对本民族的历史文化有了了解认识。我写的诗中也出现了以纳西族历史文化为背景的诗。

无题

风吹起一片叶子

轻轻地打进我的窗里

这是一片秋天的枫叶

火红火红

我把它放进了《蕙的风》

每天都把它仔细看

于是

我有了一个疑问

是风给了我

还是树给了我

1982 年 5 月 16 日写于昆明

后记：《蕙的风》是诗人汪静之 1922 年出版的诗集，集中多为爱情诗。

乌鸦与黑猪

（纳西族民间故事改编的寓言诗）

山林里有一只乌鸦

有一天

飞到了一个村子里

见一头黑猪在树下乘凉

就飞上树枝

啊，啊，啊

它对猪说

我的猪大哥呀

你黑得太不像话了

就像灶房里的锅底子

你是吃锅烟长大的吧

嘿嘿，嘿嘿

听了乌鸦的话

黑猪笑着说

我的乌鸦老弟呀

你还有脸来笑我

快到井边看看自己吧

你黑得也太不像样

就像灶窝里的木炭条

你是吃炭过日子的吗

啊，啊，啊

听了黑猪的一番话

乌鸦飞去井边照自己的相

我的天呀

黑猪、黑炭、黑锅底

哪里会有我乌鸦黑

羞死人了

羞死人了

啊，啊，啊

乌鸦惭愧地飞回森林

从此以后

它再也不敢笑黑猪了

1982年9月写于昆明

后记：用民间故事改编为诗，也许是我仅有的尝试。

吉他

我拨动着

六根大小不同的琴弦

它们在我的手里

变成了六条流淌的小河

它们唱着一支

古老而永恒的歌

流啊流

不是流向奔腾的大江

也不是流进宽阔的大海

它们流入了

姑娘跳动的心房

1982 年 10 月 10 日写于昆明

后记：喜欢唱歌，喜欢乐器。读大学时的同学冯文俊来自宁蒗县文工团，原先的专业是拉二胡，我买了把二胡跟他学。我有一把吉他，同学刘奎寅业余学弹吉他，吉他的和弦记得是跟他学的。当年弹吉他有点装酷的意思，没想弹吉他还让我灵光一闪写了一首诗。

远古的秘密

在田间的小路上
我发现了一个海洋
你不信吗
这是小海螺告诉我的

我脚下那只白色的海螺
张着一个圆圆的嘴
它把远古的秘密
悄悄地告诉了我
那个时候
我们生活在海洋里
鱼和贝是我们的朋友
后来
地慢慢地升高
把我们托出了水面
我于是来到了地面
我很想念海洋

也希望别人记住它

从此

不论谁从这里走过

我都要告诉他

这里曾经是海洋

1982年10月17日写于昆明

后记：在高原，我们常常能见到海螺和贝壳，于是我们真切地感受到了远古海洋的存在，感受到了沧桑巨变。

小马车

小马车载着一伙青年
奔驰在大路上
马铃儿叮当作响
伴随着青年的歌声
田野、村庄、小河
从青年的眼里流过
笑声、歌声、吟诗声
在小马车上空回荡
欢乐的青年还提议
赶车的小伙子
请给我们唱一支赶车小调
赶车的小伙子红了脸
他的眼睛在疑问
哪来的这伙欢乐的青年
又唱又笑只差没跳舞
还要请我唱个调
这样的乘客第一次见

哦，他发现青年都带着一个牌

那上面写着

昆明师范学院

1982年12月写于昆明

后记：那年到通海县一中实习，记得学校就在风景秀丽的秀山脚下，景美，生活好，学生聪明听话，实习的日子快乐欢心。星期天我们会到杞麓湖钓鱼，也会坐上小马车到郊外玩耍。

给她

流吧

晶莹的泪花

让她流出你的眼角

眼泪啊

流进肚里是辛酸的

流在颊上是温热的

让我用手指

轻轻地揩去你的眼泪

让我用心

叩响你生命的弦

请记住我

荒漠中你的伴侣

请记住我

峡谷中你的回音

请记住我内心的呼唤

振作起来吧

做一个强者

流吧

把辛酸的眼泪流尽

让爱的泪花

充满你的眼眶

1982年12月22日写于昆明

后记：给她，她是谁？我不知道。

病

北风吹下几片枯叶
打在我们的身上
于是她凄然地说
我就像这吹落的叶子

她的脸那么苍白
她的手那么冰凉
我真想哭
真想把她抱在怀里痛哭

造物主造就了这样一个美人
却又对她像这冬天一样残酷
她是这落下的叶子
我却是一枝枯枝

她去了
我只有永远永远

在这广大的冷酷中

做一个春天的梦

1982 年 12 月 24 日写于昆明

后记：这也许只是阅读中的一个片段，也许是电影里的一个情节，那时候写诗，海阔天空，灵感一来，捉笔就写，今天读来，不知所云。

峨眉山拾回的诗

路

一个石阶又一个石阶
路在山间伸延
这路上走着
同一世纪不同思想的人

我有一颗虔诚的心
是想寻找大自然的真谛
满头白发的老人啊
他有一颗最虔诚的心
是叩在当当响的钟上

我们是同路人
朝着一个方向前进
谁说我们没有共同的思想
当走进庙堂
我们才是两个世界里的人

手杖

在山脚买一根竹手杖

拿着走过热闹的大街

且莫笑我年轻人作老态

当走进山中小路

谁还是年轻人呢

云海

白云上下波动着

广阔遥远

金顶是云海中一个孤岛

我没有见过大海

于是

在金顶的人群中

我脑中诞生了

一个波涛翻滚的大海

后记：1982年暑期，我和同学蒋洪跃、章宏、李莉邀约到四川游玩，首站峨眉山，留下深刻印象。后到成都，住章宏之弟的学校现华西医科大学生宿舍，早出晚归，游乐山大佛、青城山、都江堰、杜甫草堂等名胜。

路

——献给一九八三年元旦

历史的道路啊
曲折漫长
从无际的天边来
又到无垠的天边去
祖国啊
我们古老的祖国
他走过了漫长的道路
今天又踏上了新的征程

一千九百八十三年前
耶稣基督的诞生
翻开了基督徒历史的纪元
而人类此时已走过了漫漫长路
原始森林里群居的祖先
奴隶主皮鞭下挣扎的奴隶
封建专制下斗争的农民
大机器生产中觉醒的无产阶级
他们走过的道路

何止是一千九百八十三年

在这历史的道路上啊
伟大的祖国曾是带路人
大禹建立的奴隶王朝
诸子百家灿烂的思想
秦汉强盛的封建国家
气势雄伟的万里长城
发达昌盛的唐代
疆域辽阔的元王朝
明代的七次西洋远航
清初统一的多民族帝国
祖国啊曾经那么自豪地走过
这漫长的道路

耻辱的中国近代史啊
使祖国遍体鳞伤
枪炮声打破了宁静的天空
洋人的铁蹄践踏着祖国的山河
中国人被诬蔑为东亚病夫
华人和狗被相提并论

祖国在痛苦中呻吟
人民在苦难中生存

“五四”运动给祖国带来了新的曙光
中国共产党的诞生
点燃了燎原的革命烈火
党啊伟大的党
领导中华儿女走出黑暗的道路
一个红色的中国在东方出现
帝国主义被踢出了中国
人民从苦难走向幸福
祖国洗去了耻辱
抹去了伤痕
从此
中国人民站起来了

党啊光荣的党
领导人民开始了社会主义建设
三十多年的社会主义历史
使祖国从贫穷落后到繁荣富强
人造卫星飞上了太空

原子弹在大地上开新花
工厂林立
田野辽阔
祖国正在历史的道路上
向着新的目标——
四个现代化的强国前进

虽然
我们的党曾有过五八年的
狂热历史
有过十年灾难的教训
祖国曾因此停步
但乌云散后已是晴空
虽然
祖国落后于世界先进水平
通往现代化的路坎坷不平
但我们有一个久经锻炼的党
我们有十亿坚强的人民
我们的格言是
路漫漫其修远兮
吾将上下而求索

1982 年 12 月 20 日写于昆明

后记：翻开诗稿，我也对这首充满时代特征的政论诗（姑且一说）感到好奇，我不敢说诗写得好，但紧跟时代步伐并充满激情的写作态度让今天的我有些汗颜。想当年，意气风发，豪情满怀，对党和祖国充满了信心。今天，祖国的发展令人振奋，2010 年成为世界第二大经济体，2020 年将全面建成小康社会；科技领域、航天、高铁、信息工程引领世界潮流；意识形态方面，中国特色社会主义伟大旗帜在高高飘扬。我们有理由初心不改，继续前行。

玉龙第三国的悲歌

——有感于解放前纳西族青年的殉情现象而作

这是过去的悲歌

这是令人战栗的悲歌

这支玉龙第三国[①]的悲歌

使这个古老的民族

成为“悲剧”的民族[②]

这支悲歌啊

包含了多少

民族的血和泪

有一对青年

他们相爱了

他们像鱼和水一样

永远不分离

他们的爱啊

遭到父母的反对

他们的爱啊

世间有很多人反感

他们只有到玉龙第三国

走那许多情人走过的路

他们唱起了哀伤的《游悲》[③]

一天又一夜

诉不尽人间的悲苦

说不完玉龙第三国的美好

玉龙第三国啊

斑虎做乘骑

白鹿做耕牛

雉鸡来报晓

相亲相爱尽自由

他们的嗓子唱哑了

他们的眼泪流干了

他们要去了呀

要到玉龙第三国

他们互相拥抱

眼睛凝视着眼睛

泪痕啊布满双颊

心啊伤心地跳着

他们手牵着手
走到了悬崖的边缘

爸爸妈妈啊
为何这样狠心
人间啊
为何这样冷酷
我们要去了呀
为何又依依不舍
玉龙第三国啊
你真是那么好吗
你真的能让我们自由相爱吗

他们回过头来
久久凝望着人间

跳下去吧
相亲相爱的人们
美好的玉龙第三国

就在你的脚底

跳下去吧

为了爱

抛弃这冷酷的人间吧

为什么还要留恋

为什么还要犹豫

要爱就只有到玉龙第三国

要自由就只有到玉龙第三国

他们终于跳下悬崖

去寻找缥缈的玉龙第三国

他们去了

后来又有很多情人去了

都是为了爱

都是为了寻求幸福

他们去了

没有人再回来过

留下的只是一曲悲伤的《游悲》

注：①玉龙第三国，纳西族民间文学塑造的一个理想天国。

②“悲剧的民族”：有人有感于过去纳西族青年的情死，称纳西族为“悲剧的民族”。

③《游悲》：纳西族民间叙事长诗。纳西族青年殉情前都要唱《游悲》。

1983 年 3 月 30 日写于昆明

后记：进大学以后，才知道纳西族历史上有青年男女殉情的现象。殉情现象的产生原因主要有两个方面：一是青年男女自由恋爱的纳西族文化传统与儒家文化中父母之命、媒妁之言等束缚自由的爱情观念之间的矛盾冲突。二是纳西族文学中塑造的自由恋爱的理想天国玉龙第三国对青年男女的诱惑。这首诗曾贴在我们教室的墙报上，印象中只有来自丽江的同学木建华给予了较高评价。

稻草人

人们给你穿上一件破烂的衣服

再给你戴上一顶残缺的草帽

于是

你就像一个风烛残年的老人

默默站立田边

你用自己所有的能力

日日夜夜守护着庄稼

风里雨里

你从来没有离开过它们

甚至大风把你吹倒

你都没有畏惧

你从倒下的地方站起

继续完成自己的使命

麻雀想钻你的空子

在远远地田边窥视着

可它们失望了

因为你从来没有离开你的岗位

你用虔诚迎来了丰收的景象

你用真心迎来了欢笑的人们

人们收去庄稼

你却倒下了

就像你默默地站立一样

现在你默默地倒下了

再也没有人提起你

只有一群麻雀高兴地说

稻草人死了

1983 年 5 月 27 日写于昆明

后记：稻草人是从小就在田间地头看到的，他的作用就是吓雀，但它身上确实具有值得我们学习的敬业精神。

雨声

雨在我的梦中
下个不停
屋顶上几声滴滴哆
是暮春的小桃伴着雨儿
跌落进我的梦乡
怒江边的茅草屋啊
我多年的乡思
今日
我又静静地躺在这里
怒江流淌的声音
好像父亲在身旁打着呼噜
屋顶不停的雨声
好像母亲均匀的呼吸
在朦胧的梦中
眼角流出两行热泪
久别母亲的儿子
此时

扑进了母亲温暖的怀抱

1983年12月23日写于六库

后记：这首诗应该是我回到怒江工作后写的第一首诗，茅屋听雨是我永远的儿时记忆，虽然我这个外来干部的子弟住的家总是瓦屋，但从小在傈僳族同学的茅草房、贡山一中的油毛毡房、“五七干校”搬迁途中的帐篷感受了太多的茅屋雨声，那是一种在现代城市中无法想象的温暖。

啊，南国的雪

啊，南国的雪
你把南方的人们
带进了北方冰雪的世界
伏尔加河上的三套车
爱斯基摩人的雪橇
长白山里奔跑的鹿群
雪地里狩猎的鄂伦春

啊，南国的雪
你多停留一会吧
让南方的人们
也来感受北国的风情
人们需要绿色的世界
也需要洁白的生活

啊，南国的雪
你的生命虽然短暂

你的爱却是那样炽烈
你把命运交给了南国
一次又一次
你用生命把南国拥抱

啊，南国的雪
你歌唱吧
用花朵般的嗓音
歌唱这秀丽的南国吧
请暂时把南国掩藏
让人们倾耳听听
南国
美丽的南国

1983年12月28日写于六库

后记：此诗的写作时间与上一首《雨声》间隔没几天，说明当时的我有写诗的冲动。怒江傈僳族自治州州府六库地处怒江边，海拔较低，气候炎热，历史上很少有雪能够飘到江边，但我小时后生活的贡山独龙族怒族自治县由于地处怒江上游，海拔较高，每年冬天都会下几场雪，因此我对飘飞的雪和冰雪覆盖的大地有着深深的印象。

独木桥

姑娘从山里采来一束鲜花
她想把鲜花带到远方
山脚有一条小河
河上有一座独木桥
姑娘来到了河边
手捧鲜花走上独木桥

独木桥啊不要晃动
姑娘的心就要跌进小河
小河啊不要再歌唱
姑娘需要你静静流淌
一声嗯呀
鲜花落入小河
姑娘在桥上叹息
小河
可爱的小河
它把鲜花带走了

不知带去何方

远方啊
等待着鲜花的远方
姑娘的心已跌落在桥边

独木桥啊
狠心的独木桥

1984年3月18日写于六库

后记：怒江两岸有众多河流和小溪流入怒江，独木桥在怒江到处可见。独木桥有时是诗意般地存在，有时却充满危险，独木桥边也常常会有故事发生。

村姑

夕阳从油桐花里钻出

斑驳地洒在河边

河边有两个村姑

洗着脸

洗着头

站立在水中的脚

被清澈的流水涀去尘泥

就这样

一天的疲倦被小河带走

纯真的美丽留给了春天

1984 年 3 月写于六库

后记：这应该是怒江春天的实景。村姑之美在于自然之美、纯真之美、勤劳之美。

山林的早晨（外一首）

早晨

山林从梦中醒来

鸟儿在雾中歌唱

野兔在林间奔跑

蘑菇是山林的骄子

在雾中是那样地娇嫩

松鼠是山林的宠儿

在林中是那样地顽皮

殷勤的斯斯[①]

一大早开始忙碌

采来松叶

把希望编织

做成小巢

把理想寄托

阳光透过晨雾

穿过树梢

闪动着妖媚的腰姿

欢快地在林中舞蹈

小溪

我丢下锄头
跑向那边的山涧
有一条清清的小溪
在涧间淙淙流淌
我捧起一捧捧溪水
洗去满脸的热汗
忽然，一串清脆的歌声
在我耳边回荡
看呀，那不是牧羊的阿娜
在山坡上歌唱
你听甜甜的歌声
比那溪流声还要清爽
哦，是溪水润了歌喉
潮湿的足迹还留在溪边
我赶快喝一口溪水
也给阿娜送去山歌一串

注：①斯斯，傈僳语。一种绿色的小鸟。

后记：两首小诗发表于《怒江》1984年第二期，是我第一次在公开杂志上发表诗歌。我1979年考入云南师范大学中文系读书，开始喜爱新诗并尝试写作，曾经给报纸杂志投稿，但没有被采纳发表。1983年毕业后分配到怒江州直六库中学任教，教学之余继续写诗，终于有作品见于报端。然而这两首诗的初稿写于1982年3月23日。

沙滩

我枕着画夹
静静地躺在沙滩上
我的脚下是蔚蓝的怒江
天空有一轮和暖的春阳

我闭上眼
淡黄、紫红、深蓝
哦，多美啊
一个彩色的世界

我抽出画夹
想画下眼前的景色
可我失望了
我身上只有一支铅笔

大自然
你给予人很多

而人们给予你什么

我不能回答

我在思索

我在寻找

我看到沙滩上无数我的脚印

我默默数着这些脚印

1984年4月1日写于六库

后记：我从小喜欢画画，但身处边疆，找不到专业老师指点，虽然师法大自然、临摹《芥子园画谱》，最终还是放弃了画笔。大学刚毕业的那几年，画画兴趣正浓，背着画夹到怒江边写生的艺术行为还是有的。

无题

我的心是江边的一片沙滩
你从沙滩走过
留下许多脚印
一次涨水
冲走了脚印
现在我变得多么贫瘠
除了一片灰色
连一棵小草也没有
啊，下雨了
多情的雨
给我留下的只是千疮百孔

1984年4月12日写于六库

后记：无题之题古已有之，古诗中的无题诗，多为爱情诗，也许感觉有些无厘头的爱情思绪就叫无题吧。

短暂

水里倒映着
我和她的倩影
她说
哦，多美呀

树上飘下一片树叶
轻轻地落在水上
我说
哦，撕破了
美的梦

1984 年 4 月 19 日写于六库

后记：我很少能写出含有哲理的诗，而这一首似乎有那么一点点意思。

峡谷的春天

怒江在谷底

哼着一支春的歌

于是

在悬崖

在年老的树身上

蝴蝶兰扇起了翅膀

在村庄

桃花撑起了粉红的天幕

村姑背回的水里

也泛起了几只春的小舟

于是

所有的鸟都放开了歌喉

所有的小河都亮起了嗓子

春天的峡谷啊

盛满了七色的歌

1984 年 4 月 26 日写于六库

后记：村姑用装满竹筒的篮子背着水，在山花烂漫间行走的风景，并非只有古人的《竹枝词》里有，改革开放以前，这种场景在傈僳山寨里常常能看到。

玉龙山 高原的骄子

白云轻轻地
轻轻地散开了
你露出了矫健的身躯
你的全部形象是一条龙
一条白色的巨龙
你飞舞着
在高原之巅
从来都是那么威武
玉龙山，高原的骄子

传说你本来是北方的居民
后来你和金沙江姑娘一起来了
你们要到东海
去寻找英俊的王子
然而你睡着了
睡得很香甜
金沙江姑娘却走了

留下给你长江第一湾

于是你成了云的故乡的主人

每一天都有美丽的白云伴着你

你是多么的神气啊

玉龙山，高原的骄子

在高原

你是太阳最亲近的朋友

在高原

你是地球的一个管家

你拥有美丽的茶花之王

你拥有神秘的玉龙第三国

你拥有稀世的东巴经典

你拥有一条金的河流

高原，你的母亲

因为你而骄傲

玉龙山，高原的骄子

1984 年 5 月 11 日写于六库

后记：有关老家丽江的诗，写得很少。对丽江和纳西文化的认识是读大学以后逐渐开始的。这首诗罗列了丽江值得称道的事物，却独独没有今天最为世人熟知的丽江古城，这就是时代和个人认知的局限。此诗不是对自然之物玉龙山的顶礼膜拜，而是以拟人化的手法对一个民族、一方水土的颂扬。

山民

有多少代了
谁也说不清楚
总是守着占了半间屋的火塘
过着被烟熏得漆黑的日子

有多少次了
谁也数不完
总是讲着很久很久以前
这个带有浓浓烟味的故事

连爱情也是黛色的
它在火塘边的对歌里诞生

而今的世界
老人的眼里画满了问号
火塘不再是老人独占的讲坛
孩子们在大声念着 bpmf

这是一个新的世界

年轻人的山歌里

有一支祖辈们没有听过的歌

明天比蜜甜

1984年5月26日写于六库

后记：改革开放以后，边疆民族地区的变化前所未有，强势文化对民族文化的冲击来势汹汹，但当时，我们没有丝毫的忧患。《明天比蜜甜》是当时流行的一首歌，是山民的子弟们放下山歌追逐的新歌。

夜宿

夜空闪烁的星星

不停地敲打着

叮当、叮当

火塘边

赶马人打着鼾

没有梦

没有思念

身边的马却总是站着

好像有许多难忘的相思

1984年9月6日写于六库

后记：赶马人夜宿的情景我在从贡山到六库，再从六库到贡山的“五七干校”搬迁途中感受过。当然，民间关于赶马人浪漫的传说我也是听得很多的，但那些事可能只适合充当小说或电影剧本的创作题材。

山月

从山尖

从树梢

举起来了

推出去了

于是

夜行者吹灭了手中的火把

露宿的猎人也有了安慰

长者走出烟熏的黑屋

山童在月下玩起了游戏

月光如水

倾泻山间

1984年9月6日写于六库

后记：没有灯红酒绿的街市，没有光芒四射的广场，对于山区的人们，山月带给他们太多喜悦。

山路

杂草与树枝伸出手

拦住了行人

一个汉子挥着长刀

砍去了它们的手

有人说山路像羊肠

汉子说山路像多情的女人

1984 年 12 月 13 日写于六库

后记：傈僳族谚语曰：女人是男子汉的路。山路弯弯，是通向外面的必由之路。怒江两岸的山路，由于当地雨水充沛，树木杂草长得很快，人走得少的路，往往杂草丛生，行路困难。

橄榄的话

含在口里

不要怕苦

耕耘者的幸福

总在耕耘之后

1984 年 12 月 13 日写于六库

后记：六库多滇橄榄，食之先苦后甜。

樱桃

绿色的怒江
刀削的崖岸
北风中
一树淡红的樱桃

春风不曾拂面
春色却已落脚
在这里
冬仅仅是春的使者

1985 年 1 月 10 日写于六库

后记：中国的樱桃花往往在冬天快要结束时开放。六库因气温较高，山上的野樱花总是像报春花一样向人们报送春的讯息。

溜索

一条怒江
隔开多少相爱的男女
一支歌
牵引多少无端的相思
隔江的爱
永远只能随江流逝
谁能改变
这天地的安排

一个男人
举起了弩弓
在箭头缠上爱的情丝
射过去了
向女人站立的方向
从此
怒江隔不断恋人的情愁
爱在这里创造了一个奇迹

1985年3月26日写于六库

后记：儿时的怒江到处有溜索，记得贡山境内就两座吊桥，桥头还有民兵把守。早期溜索是怎么建造的？据说就是在箭头上拴上细绳，用弩弓发射到对岸，细绳的这一头连上溜索（早期的溜索是用竹篾做的），对岸将溜索拉过去，两头将溜索固定好，一条过江的溜索就建造成功了。冬天，在平缓的江面上，亦可通行猪槽船。

攀枝花

不是夜晚

却点起了无数的火把

是要和太阳比一比吗

没有火把节的民族

却在欢度火把的节日

山头是火

江边是火

火的春天

火的时代

啊，燃烧吧

火的花

百花不敢和你争妍斗艳

太阳和你才是一对姐妹

1985 年 3 月 27 日写于六库

后记：攀枝花也叫木棉花，树干高大，花朵红而硕大，与我们平时摆弄的花花草草实则有天壤之别。怒江流域六库以下多攀枝花，我从小生活的贡山县却是没有攀枝花的。每年春天，火红的攀枝花怒放，景色壮观，让人流连。

母亲（叙事诗）

1

在中国一个偏僻的小县城

当夜色融进了四周的森林

怒江的风一阵又一阵

灌满了这个小城

初春的夜

严寒未消的夜

2

每一户家庭都升起一塘火

每一塘火边都有人叙谈

3

这个时候

我们一家也围着火塘

好热闹的一家子啊

爸爸妈妈和四个子女

好难得的团聚啊

我和二弟也从外地回家

读高中的弟弟和妹妹

有许多理想，也有许多问题

身为宣传部长的爸爸也有很多看法

我和二弟——两个大学生

谈话总是权威的口气

我们谈得很多、很多

谈文学

谈大学

谈改革开放

4

这个时候

我们的母亲却在沉默

她一言不发

像在沉思

啊，妈妈

您为何沉默

我发现

沉默是您最大的变化

过去您可不是这样呀

我记得清楚

我们小的时候围着火塘

您的话可是最多的呀

您给我们讲土改

讲到贡山三个月您就能用傈僳语宣传党的政策的传奇

讲为破除迷信您在群众畏惧的放蛊人家吃住的经历

讲“大跃进”中您和农民一起吃野菜的事

讲“五七干校”的劳动生活

您告诉我们

您不识字是因为家里穷

您说爸爸出生富裕中农才读得起书

您对旧社会总是那样憎恶

对新社会总是赞不绝口

那个时候您是多么自豪

您有时把爸爸说得一文不值

哦，妈妈

您不应该沉默啊

您应该讲述您的故事

5

我们的母亲

一个真正的布尔什维克战士

随解放的炮声

她离开了自己的故乡

十七岁的姑娘

踏上了怒江崎岖的山路

道路艰难

她没有低头

远离亲人

她不曾落泪

人说猴子过岩也要掉眼泪

她却笑着走过了

党派来的工作队

多么光荣的职责

为了这

她和当地群众同甘共苦

她终于在党旗下举起了手

在异乡

她第一次流下了热泪

啊，年轻的党员

就这样

她把青春献给了怒江

三十多年了

怒江发生了巨大变化

而我们的母亲却在火红的岁月中日渐衰老

她不必再到“五七干校”劳动

也不能总在农村下乡

但她却感到生活越来越艰难

她恨自己啊

为什么在办公室里笨手笨脚

她恨自己

为什么连一份报告都不会写

她开始沉默了

她的自尊心遭到难以承受的打击

6

妈妈

您为什么沉默

您不应该沉默

您应该讲述自己的故事

讲给您上大学的后代

讲给办公室里戴眼镜的主任
讲啊，妈妈

7

望着沉默的母亲
我的心在阵痛
现在
我明白了许多您身上的变化
您变了，妈妈
变成一个地道的家庭主妇
除了上班
您整天都在做饭、洗碗、扫地、喂鸡
您不许弟弟妹妹帮您做事
您总是对他们说
要像两位哥哥一样上大学
哦，妈妈
这就是您的全部希望
也是您的毕生经验
您变了，妈妈
不再是我心目中那个严肃的妈妈
您再也不给我讲革命的大道理啦

在您的身上

隐去了一代人的自豪

沉默啊沉默

催人泪下的沉默

8

您不应该沉默啊

妈妈

您应该骄傲啊

因为您是巨人

没有你们

哪来中国的今天

9

妈妈

我要改变我们的话题

我要和您讲讲党对老干部的待遇问题

我要和您讲讲请客的风俗

我还要和您讲讲您那没有过门的儿媳

妈妈

您笑着和我们谈一谈吧

10

边镇的夜

宁静的夜

1985 年 5 月 9 日写于六库

后记： 母亲出生于丽江一个贫穷的纳西族家庭，从小没有读过书，解放初在丽江参加土改工作队，后调贡山县工作。当时丽江专区下辖今天的丽江市、迪庆藏族自治州、怒江傈僳族自治州及大理白族自治州的鹤庆县、剑川县。从丽江到怒江，道路遥远而艰难，但我的父母辈们在党的领导下，在怒江完成了一项开天辟地般的伟大事业。母亲由于没有文化，长期在基层工作，相较于民国时期就初中毕业的父亲，母亲在工作中付出更多，更为不易。我家兄妹 4 人，从贡山一中毕业后，于 1979 年、1983 年、1985 年、1986 年分别考取昆明师范学院、昆明工学院、云南民族学院等本科院校，1986 年小妹考取大学后，我家一家 4 兄妹全部考上大学本科的新闻还上了《云南日报》，也算是贡山教育的一段佳话。写此诗时，三弟和小妹还在读高中。

怒江之歌

是男人就要像腰间的长刀那样坚硬
是女人就要像头上的裹带那样缠绵
谁都说怒江像一个结实的男子汉
谁都说怒江不是一个纤弱的女子
像开辟一条原始森林中的小路一样
你创造了一个令人惊叹的峡谷
在你的峡谷中你孕育了大胆的民族
在你的峡谷中没有胆怯者的足迹
没有一个人的臂力不是熊的对手
没有一个人的脚劲不能胜过麂子
有人来到怒江就带着噩梦跑回了故乡
有人来到怒江却留下来做你的子孙
你赠给子孙们的礼物是坚毅
你的子孙创造的奇迹却比你还要惊人
永远奔流的怒江永远都那样汹涌
永远做你的子孙就永远都是英雄
啊，怒江

谁不说你是一条男子汉的江

谁都说怒江像一个多情的女子
谁都说怒江不是一个粗暴的男人
像母亲对儿女怀着无尽的温情一样
你永远缠绕着属于你的土地
在你的怀抱里成长了善良的民族
在你的怀抱里很少有强盗的狞笑
没有一个人的歌喉不是百灵的对手
没有一个人的舞姿不能胜过孔雀
有人见到怒江就永远闭不上惊愕的眼睛
有人见到怒江却甘愿做她的歌手
你赠给你的歌手们的礼物是温柔
你的歌手在你的怀抱中唱着永恒的情歌
缠绵纠葛永远不离弃你的土地
歌喉婉转永远有属于你的歌手
啊，怒江
谁不说你是一条女性的江

男子汉的坚毅和女子的温柔融合在一起
才是我们的怒江

我们的怒江永远不是单纯的男子汉

也永远不是单纯的女子的江

后记：发表于《怒江》1986年第一期。当时是怀着对怒江的深爱写下这首诗的，曾经在六库的一个晚会上激情朗诵，赢得好评。

离巢的野鸽子

——给毕业的同学

树荫下安稳的巢
是迷人的梦之故乡
可你生来不是为了做几个美梦
你的世界比梦还要诱人
睁开眼睛
你惊讶世界的精彩
长硬翅膀
为了寻求属于你的世界
啊，奋飞吧
离巢的野鸽子

蓝天里你和燕子呢喃
树梢头你与画眉叽喳
你从高楼、山梁飞越
你在河边、田野栖息
你该是多么幸运呀

你见到了梦里的一切、一切
即使狂风吹散了你的羽毛
即使暴雨打落了你的梦
你也不会沮丧
因为你爱属于生活的一切
啊，翱翔吧
离巢的野鸽子

假若你在花丛中采到了许多美丽的花朵
衔一朵回来吧
把花放在养育过你的巢中
让她增添一点喜气
假若你感到疲倦的时候
回来吧
这里有你失落的梦
啊，飞翔吧
离巢的野鸽子

1986 年 6 月 21 日写于六库

后记：1983 年进校工作后就上一个高一和一个初一年级的语文课，还当高一年级的班主任。这两个班我虽没有带到毕业，但却付出了许多心血。1986年他们毕业了，有感而发，写下此诗。

此诗曾在《怒江报》副刊发表。

春天的赖茂河（组诗）

小河

像山一样的石头
总想挡一挡你的去路
像手一样的野草
总在遮盖你的美容
你绕着道文静地走了
你吻一吻小草还是哼着你的歌

跌水岩

从太阳底下跌下一泓清水
在岩石的世界里自由翻滚
跳起白珠砸向岩石
翻起绿波在树影里荡漾
七彩的虹也到这里舞蹈
他给天边的游客搭了一座彩桥

油桐花

春姑娘的素绢遗落在箐里

小河把它轻轻浮起

于是在这里

春天是洁白的

它在风中打着漩

兰花

过去她很大方

可今天总躲着人们

高高的岩石上

深深的树影里

羞涩中藏着高傲

芳香里含着忠贞

她把爱献给了小河

不愿到街市显露

野芭蕉

美丽的少女

正在寻求爱的安慰

她太羞涩

不敢抬头看看她爱的人

她太忧郁

总把眼光藏得深深

她不知道

小河的歌是唱给谁的

后记：发表于《怒江》1986年第三期。当班主任，常常带学生到赖茂河郊游，所见所感，流于笔端。

民主讲坛

在厨房门口的过道上放了两张桌子

单身汉的老师们便天天在这里边吃边讲

没有饭堂的厨房只好把饭桌放在门口

没有老婆的单身汉只好留在门口吃饭

不管是炒肉还是炒洋芋

不管是白菜汤还是南瓜汤

总是吃得那么有味

总是喝得那样精光

并不是所有人的胃口都那样的好

并不是每天都饿坏了肚子才来

俗话说抢吃的饭好吃

我们说吹牛和争论也是一盘好菜

都是吹牛的天才

都是争论的好手

你说出一句笑话

我给你添油加醋

有人笑破了肚皮

有人却一本正经

有时为了一个问题

大家都很严肃

你说你的主张

我说我的看法

抨击时政也不必隐讳

言辞过激亦不必提心吊胆

你张三说了算不得定论

我李四王麻子拍案而起

笑声叫声吃饭声声声回荡

家事国事天下事事事关心

碗净人散门口空空

有谁知道今天的饭菜味道如何

1986年9月5日写于六库

后记：当年的六库中学食堂比较简陋，伙食一般，记得大家最高兴的事是街子天事务长买来土狗杀了改善生活。那时候的狗真便宜，三四块钱就可买到一条成年土狗。学校单身老师很多，吃饭的时候非常热闹，简直就是一个自由论坛。

自豪吧，年轻的教师

他的追求曾经是那么真诚
向着太空的飞船、地平线上高高的厂房
她的理想曾经是那样虔诚
追逐缪斯的身影、曹雪芹的履迹
也许是命运
也许是才气不足
他和她又走回来了
那个离别才几年的校园
他们曾经蔑视的那个职业
却成了他们理想的归宿
年轻的教师你走出了新生活的第一步

面对一双双渴求的眼睛
他们不敢有半点的马虎
面对一颗颗真诚的心
他们唯有以心相待
他们给学生传授知识

他们和学生交朋友
甚至和学生到野外玩个痛快
和学生一道跳段迪斯科
生活是公正的
它给每个人都留下了希望

他们不再悲哀
他们不再感叹
那一声声真诚的老师
唤起了他们的新理想
那一群群奋飞的野鸽子
带走了他们的感伤
他们笑了
面对生活，他们笑得那样甜
他们自豪了
尽管有人还不理解

后记：发表于1986年9月15日《怒江报》。怒江州直六库中学是一所年轻的学校，学校从六库完小附属初中，到招收高中并将校名更改为怒江州直六库学校，再到中学、小学分离，设立怒江州直六库中学。1983年我进校时，正赶上学校招收第一批高中生，学校的初中招收也在扩大，是学校发展的重要时期，学校也因此招进了大量年轻教师。年轻教师多，思想活跃，学校充满朝气。曾经有人评价说：六库中学的老师引领了六库的时尚潮流。前几年，在教育改革的潮流中，学校并入怒江州民族中学，听闻，有些伤感。

野鸭子乐队

在偏僻的小镇里有一个乐队
乐队的名字叫野鸭子
野鸭子原来不叫野鸭子
它有一个时髦的名字叫甲壳虫
因为有一个出名的乐队叫甲壳虫
乐队长和队员们一致通过易名野鸭子
都说吉他的形状像野鸭子
都说曼陀铃也不例外
野鸭子就是野鸭子
它的名字就是它的样子
野鸭子的歌声不太动人
可野鸭子自己却常常陶醉
野鸭子喜欢唱苏联的曲子
《喀秋莎》它唱了一遍又一遍
嘭嚓嚓是《山楂树》的节奏
有时候它也唱支意大利拿波里民歌
哦，桑塔露琪亚它呼唤得多么动情
寂静的夜晚野鸭子常常唱歌

吵得邻居不得安宁

偶尔公园里的恋人们也听到了野鸭子的歌声

但他们从不赞美野鸭子

就这样小镇里出现了一只野鸭子

它的名字比它的歌声还要响

可是后来它的声音消沉了

它没有死但它喉咙得病了

从前是一群光棍在穷开心

可现在有几个不是光棍了

有一次大家到曼陀铃手家吃饺子

吃完以后想让野鸭子叫一叫

可是吃得太饱叫起来不够味

后来又到玩沙锤的家里玩野鸭子

坐在沙发上喝着味美思总觉有些异样

野鸭子唱得总不如过去

野鸭子唱得总那么别扭

挤在一张皱巴巴的床上轮流喝着一杯包谷酒

那个时候野鸭子唱得多自在

那个时候野鸭子唱得多自然

野鸭子原来是野鸭子

1987年3月18日写于六库

后记：六库中学的老师们自发组建了一个乐队，化学老师马镇彪、数学老师庞浩、美术老师兰碧生、语文老师何小兵和我是主要成员，乐器有吉他、曼陀铃、沙锤等，歌却是人人爱唱。乐队往往是下自习后在校园里弹唱，有时也会到怒江边放歌。这首诗的写作颇受于坚诗风影响。

给

只要见到你
我的心就像火烧
你美丽的脸庞
你诱人的身姿
就像春天里血红的攀枝花
那样撩人
那样使人坐卧不安

只要见到你
我的心就像火烧
那双可爱的眼睛
为什么不看看我
像干涸的溪涧
我需要得到你爱的甘露

只要见到你
我的心就像火烧

我想得到你的红唇

却又怕你把我唾弃

就像秋风中的一片枫叶

我用最美的生命把你悄悄爱

只要见到你

我的心就像火烧

1987年3月25日写于六库

后记：关于爱情的诗我写得不多，以致后来妻子埋怨我没有为她写一首诗。其实只要写到爱情，我的笔下就会有些朦胧、就会有些语焉不详，因为真正的爱情总是有些说不清道不明。

乡情

——国画《乡情》配诗

淡淡的月夜

小虫在屋外哼着夜曲

静静的雨天

雨水从芭蕉叶上跌落在屋顶

轻轻的风

送来泥土醉人的芳香

哦

乡情像一条绵绵的云带

萦绕着你

无论你在繁华的街市徜徉

还是在灯红酒绿的酒吧狂舞

1987 年 4 月写于六库

后记：在国画上配上长长的新诗，这事我做过。因为书法没有长进，后来就偃旗息鼓。

相爱在大峡谷（叙事诗）

峡谷中有许多火烟味浓烈的很久以前的故事

我要讲述的则是一个像水果一样新鲜的故事

1

小站里赶车的送人的等候的热闹异常

见三个人就有一个熟人的小城今天见到那么多人却没有他

开往昆明的车缓缓驶出车站带走了那群讲普通话的讲师团

她噙着眼泪还在幻想在失望的瞬间他忽然出现在车后

大峡谷那么宏伟那么壮观把那辆车压缩成了一个点

她的心中那一股浓浓的异族异乡的情调却在峡谷中游荡

2

她那时怀着一团火来到了奇迹般的峡谷

她不是救世主可她想在荒原里播种

那种到野蛮部落里传播文明的英雄业绩她很羡慕

但她不是为了虚名也不是被迫于行政命令

她是为了一个心愿一个关于祖国发达的心愿而来到峡谷

她自豪于她的行动也自豪于她的心愿

她来了坐在驶入大峡谷的车中感受着一种神秘的梦

大峡谷的雄伟神奇使她惊得叹不出声来

她仿佛又回到了拉着衣角仰望着爸爸的幼年时代

天啊她想说可终于没有出声于是她在长长的沉思中显得成熟了许多

3

她被分到一所条件比她想象中要好得多的学校

她开始用全部的热情为边疆播撒知识的种子

然而她逐渐产生了一种失落感

轰轰烈烈的事业在什么地方到哪儿去了她不知道

她每天只是备课上课批改作业也许有时还去守守自习

默默无闻者除了她还有许多五六十年代就来到这里的“老九”

她失去了先前的自豪却增添了一抹悲哀

那些几十年如一日在这片土地上播种的长辈们在她心中越来越高大

以最大的努力上好每一节课成了她为边疆尽微薄之力的表现

4

峡谷的文化生活单调贫乏除了工作她很茫然

多少个黄昏多少个长夜那本诗稿里融进了多少孤独与忧郁

时移境迁她心中出现了一个影子一个同龄的影子

这个影子使她激动使她幸福给她的世界里送来了从未有过的感觉

终于有一天她和他互相吐露了那种使人不得安宁的感情

5

大峡谷的山水在她心中显得更加美丽

大峡谷的色彩在她眼里变得更加鲜艳

她的心中久久地流淌着爱的暖流

就像大峡谷中流淌着的那一条永不沉睡的怒江

很多黄昏她和他在怒江边手挽着手散步

很多夜晚她在他的那间小房里无头无绪地叙谈

那一个甜美的夜啊那个比夜还要深沉的吻她永远忘不了

那一个暗淡的黄昏啊他说出的那一句像黄昏一样忧伤的话她永远无法理解

他们相爱在大峡谷

峡谷溢满了爱的圣歌

6

她要走了也许不到收获的季节可她该走了

别了熟悉的校园别了可爱的学生们

她可以欣慰地说她已做了应做的一切

她现在成熟了许多充实了许多真实了许多

她要走了离开那个给她消除了孤独寂寞的他

离开她曾无法想象可以没有他的他

爱仅仅只是在峡谷中诞生还是即将失落她不知道

不知道的确不知道谁也不知道

7

她走了带着惆怅与迷惘随着渐渐消失的车影远远地离开了大峡谷

她终于没有能最后见他一眼他为什么没来她真想放声大哭

1987 年 12 月写于六库

后记：当年省里派遣了大批昆明各大院校的青年教师到边疆支教，怒江的各所中学和中专学校都留下了他们身影，他们为边疆的教育事业做出了特殊贡献，他们也在怒江留下故事。几十年过去了，我已不太清楚当时写诗是否是以真实的事件为底本，也记不清为什么以“她”的人称来叙事。

攀枝花又红了

蓝得像天一样的怒江
悠悠地穿过小城流泻着
红得像火一样的攀枝花
热烈地在小城四处燃烧着
几度春秋她回来了
带回了一副眼镜和绷得紧紧的牛仔裤
然而她的乡音如故旧情更浓
那个写诗的同学想和她一起写一首关于攀枝花的传说的诗
可她拒绝了
《攀枝花又红了》她早已写好
她要亲口用普通话朗读给她的卷发的故人
“攀枝花又红了
我又回到了他的身旁
……”
她的声音哽咽了
她孤独地靠在江边那棵攀枝花树下
望着那条牵魂的怒江

没有故人倾听她的诗歌

也没有新人为她抹去泪水

只有一朵刚刚落在她脚下的攀枝花为她默诵另一首诗

“攀枝花又红了

他把旧情默默藏在心底

他不敢用粗糙的大手抚摸她娇嫩的故人

他已和那个从前就嫉妒她的山妹成了家”

1988年2月11日写于六库

后记：想象中的爱情变故。山妹子到外地求学归来，时尚而新潮，但对旧时的爱情念念不忘，而守在山里的恋人却与那个守在他身边的女人结合了。

爱情的故事

谁都想得到爱情
谁都不想失去爱情
爱情繁衍着真正意义的人
爱情在人类历史的空间里演奏着辉煌的乐曲

有人为了赢得心上人的一笑而亡国
有人为了等待远去的亲人而化为石头
亡国者可以在爱人的微笑里长眠
化为石者可以为爱亘古地伫立
爱的永恒便是爱的深沉
可以为爱而死亦可因爱而活

正是因为爱杜丽娘从坟中走出来拥抱柳梦梅
正是因为爱阿诗玛从未停止对阿黑哥的呼唤
牛郎织女没有因一年只有一次相聚而另寻新欢
梁山伯与祝英台因不愿分离而双双化蝶

北方有个孟姜女

曾经为爱而哭泣

哭得天转地旋

哭得人心凄清

终于哭倒了那个用她的丈夫的骨头筑成的长城

南方有一个民族

为爱而唱着《游悲》

唱得青年人心里滴血

唱得封建的藩篱瑟瑟作颤

终于唱出了一个玉龙第三国

再也没有像爱情一样宏大的诗篇了

再也没有像爱情一样美丽的故事了

爱情是一个永恒燃烧的太阳

每一个人都可以拥抱太阳

每个人都可以被太阳拥抱

1988 年 2 月 22 日写于六库

注：南方有一个民族指纳西族。解放前，纳西族青年男女为反抗封建婚姻，争取婚姻自由，有青年男女殉情的现象。殉情前他们都要吟诵民间叙事长诗《游悲》，控诉人间婚姻的不

自由，歌颂理想的爱情自由王国“玉龙第三国”。

后记：这是在对古今爱情故事进行考量的基础上写就的关于爱情的诗篇，是对爱情价值的自我评判。稚嫩但阳光，是26岁青年对爱情的礼赞。

峡谷与我们

不知什么时候这里有了一个峡谷
不知什么时候这里有了一群人
像蚂蚁在沟壑中爬行一样
这里生活着一群既藐小又伟大的生灵

峡谷大得让人起敬
它把我们拥抱在怀里
据说在遥远的他乡还有一个更大的叫科罗拉多的峡谷
可我们不相信
不相信爬几天几夜才能到山顶还比不过人家
不相信走一辈子也走不出峡谷还不是第一
山顶上有很宽很宽的湖
峡谷底有很长很长的江
云雾最多的季节也填不平峡谷
太阳最热的时候也不能融化山顶的白雪
我们心中有一个神灵
那就是峡谷

我们自豪的峡谷
永远是峡谷的峡谷

我们生活在峡谷
曾经生活得那么苦涩
曾经像野兽一样地蜷缩在山洞里
曾经像野兽一样地觅食于山间
曾经为一块盐巴翻山越岭甚至客死他乡
曾经为一颗针而抛弃自己心爱的母鸡
可是我们热爱这个神秘的峡谷
宁可穷成一根骨头也要自豪于做峡谷的主人

我们只有一把刀一张弩支撑起我们作为主人的门面
微妙的祖辈相承的“传统”是我们的灵魂
英国人[①]想剥夺我们的权力
我们用杀熊的毒箭射向他们的咽喉
日本人[②]想践踏我们的峡谷
我们用砍山的刀劈向他们的脑袋
尊严像山一样不可摇撼
耻辱像水一样不会复回
我们坚强地生活在峡谷

虽然藐小却是峡谷的主人

我们生活在峡谷
生活得比岩蜂的蜜还要香甜
老年人在酒的怀抱里永远有唱不完的叙事诗
年轻人用优美的歌声倾吐心中的爱情
琵琶可以放在背上轻松地弹奏
口弦放在嘴里比嘴还会言语
笛哩图[③]的舞步踏破了峡谷的静夜
弦子舞[④]的激情融化了峡谷的孤寂
峡谷到处洋溢着我们的欢笑

我们离开了听故事的火塘到学校去读书
我们放下了弓弩背上钢枪守卫边疆
握刀的手有力地握住了笔
撵山的脚放风似的跑出峡谷
看惯了星星的眼睛盯上了电视
听惯了鸟鸣的耳朵爱上了录音机
唱够了哟益[⑤]可以唱一段十五的月亮
跳够了笛哩图可以跳一会迪斯科
峡谷本不是贫瘠的峡谷

我们本不该是受穷的主人

我们接受大峡谷热烈而久远的拥抱

大峡谷回荡的永远是我们的气息

注：①②英、日曾先后入侵我国怒江一带，傈僳族、怒族、景颇族、白族等人民奋起抵抗。

③笛哩图，傈僳族民间舞。

④弦子舞，藏族民间舞。

⑤哟益，傈僳族民间调子。

1988年3月3日写于六库

后记：我生长在怒江，从小与傈僳族、怒族、藏族人民共同生活，我的傈僳语比纳西语还讲得好，我热爱怒江，一直用笔赞颂怒江。这首诗，用怒江的情怀抒写，今天读来仍觉饱含深情。

黄昏

黄昏的时候吹着很轻的风

黄昏的时候有人在远处说话我也听得见

黄昏的时候我看着流云想起了我自己

想起了小时候和一个陌生的女孩牵了牵手

想起了读书的时代总也看不够的那个女同学

想起了远在天边的常使我孤独的妻子

还想起了从不厌烦地和我谈论女人的朋友

甚至还想起了那个和我有仇的家伙

像孩子一样在黄昏中想念爸爸妈妈

像父亲一样在黄昏中想念未出世的孩子

黄昏的时候想唱想哭想跳舞

黄昏的时候江水流得很静很静

黄昏的时候远山显得很美很美

1988 年 3 月 11 日写于六库

后记： 我们学校没有围墙，我的家在山坡上三层楼房的顶层，从阳台上看去，远山和峡谷底流淌的怒江尽收眼底。黄昏的时候站在阳台上远眺，思绪飞扬，但总是有些惆怅，于是意识流的诗句就这样写成。

等待

盘子里的水果在等待
盒子里的什锦糖也在等待
那一排整齐的书等得不耐烦了微微歪朝一边
写字台从来没有过的空寂

桌上放着一盒精致的普洱茶
抽屉里躺着一条长把的阿诗玛
沙发上毛线球越滚越小
费翔的一把火已经烧了一次又一次

都在等待
等待着丘比特带着那支不伤皮肉的箭
从虚掩的门里
从敞开的窗中
甚至从毫无缝隙的天花板间
神秘地降临

1988 年 3 月 14 日写于六库

后记：等待爱情的降临是多少男女的幻觉。今天读来，这首诗的想象力我自己也蛮佩服的。

小城三月

攀枝花一朵又一朵失落了
峡谷里吹起的风拂面清凉
人群中开始有姑娘穿起裙子
从小城的这一头飘向那一头
山腰上开满了百花
小孩用绳拴住花朵在拼命地奔跑
山妹子把蕨菜摊在脚前一把一把地卖
白色的冰棒箱又出现在街头
三月是郊游的季节
成群的学生在星期天涌向郊野
三月是打鱼的季节
男人们在空闲时到江边垂钓
小城在三月吹着清凉的风
小城在三月下着清新的雨
三月在小城唱着清脆的歌
三月在小城写着清淡的诗

1988年3月28日写于六库

后记：六库的三月是让人感到最为舒适的季节，再过一段时间，炎热的天气将让人有些昏沉。

号子

川娃在怒江畔唱着“杭唷派”的歌
高高的脚手架站成了两个巨人
巨人要在江面画一条彩虹
听说彩虹的名字叫中国第一
四川号子很响很亮
和呀啦益一起飘荡在峡谷
小城里所有的人都听到了号子
男女老少一起奔去听歌
大家暗自喝彩
要得，川娃

1988年3月29日写于六库

后记：怒江州州府六库地处怒江峡谷之中，城市分布在怒江两岸，江面横跨一座吊桥，连接两岸城市，随着城市的发展，吊桥越来越不适应。后来在吊桥的旁边兴建一座钢混大桥，据说单孔跨度中国第一。承建者是四川的建筑队，于是峡谷中响起了四川号子。

跳动的青春

心在跳动

血在涌流

时代的大潮向我们招手

因为我们正年轻

啊，跳动的青春

啊，美丽的青春

舞姿翩跹

健儿拼搏

黑白永子变幻大千世界

因为我们正风流

啊，跳动的青春

啊，美丽的青春

情感交流

友谊长久

携手共进能使中华兴盛

因为我们正当年

啊，跳动的青春

啊，美丽的青春

后记：这是为 1992 年保山地区团委举办的保山文化周使用歌曲而作的歌词，曲作者为当时保山歌舞团团长张晓平。当时朋友和风任团地委副书记，应邀而作，是我唯一创作的歌词。

勇敢的诗人

在这里

我要赞美的

不是为爱情去决斗的普希金

也不是为自由而战的裴多菲

在这里

我要赞美的

是那些在我身边的无名的或者著名的诗人们

这些诗人

敢于面对世俗冰冷的目光自如地写诗

敢于迎着时代刺骨的寒风从容地写诗

金钱是可爱的

新潮是诱人的

然而诗人崇善的是流动的像黄河长江一般的诗情

诗人敬仰的是深沉的像喜马拉雅山高黎贡山一样的思想

可以击节高歌

亦可浅斟低吟

有时是刘邦唱一曲大风起兮云飞扬

有时是陶潜哼一段归去来兮田园将芜

躺在金山银山里仍然字斟句酌空灵的诗句

贫穷潦倒之际依旧苦觅清风明月的佳境

这就是我要赞美的

属于时代的

属于真正的诗人的

勇敢的诗人

唯有这样的诗人

才能为人类拥有永恒的亘古的诗篇

后记：发表于1993年3月《流泉》总第4期。1990年底调保山工作后，诗写得越来越少了。还好，后来加入了民间组织云南省保山地区文学协会兰城诗社，并参与编辑诗社所办的油印诗刊《流泉》，又燃起了写诗的热情，写了几首诗。当时的社长李加全，市防疫站职工；副社长肖正伟，保山市（现隆阳区）史志办职工；副社长张鸿清，卫校老师；主编刘东兴，市农业系统职工；我和保山师专教师邓有凯曾担任副主编。保山的许多诗歌爱好者都在《流泉》上发表过诗作。此诗就是对诗歌爱好者们的致敬。

永昌雄风

雄风自远古吹来

雄风自南方吹来

雄风来时山摇地动

雄风过处日月升腾

啊，永昌雄风

中华历史的光辉一页

激励后人的亘古篇章

你是巨龙腾飞卷起的狂飙

你是炎黄挥袖扇动的热流

哀牢王高瞻远瞩为你呼风唤雨

汉武帝雄才大略为你推波逐浪

雄风过处诸葛亮羽扇纶巾开疆拓土

雄风过处可汗的骁骑英勇冲击侵略者的象阵

雄风过处邓子龙的刀枪经历着血与火的洗礼

当日寇的铁蹄践踏着祖国的土地时

雄风四起为侵略者唱响了楚歌

当人民在苦难中痛苦地呻吟时

雄风怒吼撕碎了遮盖太阳的黑夜

啊，永昌雄风
令马可·波罗惊叹的雄风
令徐霞客赞美不已的雄风
你挥动丝绸铺就一条著名的路
你散落珠宝呈现一座辉煌的城
稻花飘香春韭常熟
绿茶满山蔗林遍地
雄风随着怒江澜沧江史迪威公路传遍全球

啊，永昌雄风
流动着华章丽辞的雄风
张氏父子吟风弄月两代风流
袁氏兄弟苦心经营一世英名
李根源一片痴情采集《永昌府文征》
艾思奇满腔热情谱写《大众哲学》

啊，永昌雄风
像天一样宏大的雄风
像地一样深沉的雄风

你慢慢地走低低地吟

你疯狂地奔高声地唱

你哭你笑你歌你舞

你的情绪就是龙的情绪

你的思想就是龙的思想

后记：发表于 1993 年 3 月《流泉》总第四期。当年保山地委行署提出重振永昌雄风的口号，此诗可谓顺应时代潮流，以诗言志，为保山发展振臂高呼。

驼子豆粉

永昌府辉煌的历史还在老人嘴里唠叨
杨升庵的遗诗仍能引起文人的推崇
然而游人们在这高楼耸立的古城
除了拜谒一下武侯英姿以外还想得到许多
保山人爱夸保山豆粉尤其称道下村豆粉
下村豆粉的名气又被一个驼子担到了城里
我在一条小巷的一棵树下寻到了驼子
我用两毛钱买了一个百闻不如一吃然后沉思
丽江粑粑鹤庆酒剑川木匠到处有到了下关要吃砂锅鱼
路南卤腐昭通酱不吃过桥米线不算到昆明
云南人爱吃会做亦爱夸保山人也不例外
驼子豆粉让我满意而不能使我满足
古老的历史深藏着无数神奇
除了豆粉我还想去寻找许多许多包括那座最古老的霁红桥

后记：诗稿没有留下作诗日期，应该是我 1990 年底调保山工作后不久的诗作。豆粉又称凉粉，云南各地均有。我吃过的豆粉中保山豆粉和丽江豆粉最好吃，保山豆粉用豌豆做成，色黄；丽江豆粉用鸡豆做成，色灰。当年保山豆粉中驼子豆粉最为人称道，因卖豆粉的人是下村一驼子，故名。当年保山还有一撮毛豆粉，因卖豆粉者脸上有一撮毛而得名。保山是一个物产丰富，名特小吃很多的地方，城里除豆粉外，糖渣、冰粉、烧饵快等街边小吃甚是诱人。

一棵树下的集市

村头有一颗老槐树
树下飘着一面酒旗
行人或站着喝碗凉茶
或坐下饮一杯浊酒
这也许只是一个古旧的故事
也许还是北方现代的一组镜头
然而在南方
在亚热带的傣乡
一棵树下飘着的不是一面酒旗
坐着站着的不是一两个行人
这里
一棵树下却是一个集市
一个乡村热闹的集市
在一棵树的绿荫下
有摆凉粉摊的小姑娘
有设时装铺的小伙子
老人们可以坐着悠闲地喝口茶

妇人们可以买到满意的蔬菜

一棵树下就是一个集市

这不是神话

而是傣乡的一个生活片段

大青树

一把遮天的大伞

白天

它可以撑起一个集市

夜晚

它为情人们展示一个奇异的世界

很久很久以来

傣家人就在这里和月亮对歌

后记：刚到保山时在潞江坝见到大青树下的集市，很震惊，很好奇，于是写下此诗。

太保山恋情

多少次了
谁也说不清楚
我们手挽着手
一阶一阶
拾着熟悉的石块
越来越远离了喧闹的城市
那棵有着龙的模样的老松
它的年轮里
印上了我们的第一个吻
那片青草地
它为我们提供了一个迷人的黄昏
那几个吱吱作响的秋千
留给寻找童心的恋人吧
那几处默默的凉亭
也留给那些自豪的情人们
我们不需炫耀
也无需表现

我们各自的心里

深藏着一个成熟的爱

多少次了

谁也说不清楚

我们总爱来到那一塘荷边

那水虽然浑浊

却养育了这一塘高洁的荷

盛夏

那一朵朵鲜艳的荷花

托起了多少爱之梦

严冬

那一塘枯败的荷

更牵动了我们多少爱之情

一次又一次

我们默默坐在塘边

一任鸟儿的歌唱

为了爱的默契而沉默

终于她说

荷并不因水的浑浊而失去姿容

我说

爱因和谐而呈现美

后记：太保山就在保山城边，是保山人休闲的地方。太保山上有一塘荷，不大，就在武侯祠边。爬到太保山上，与爱人静静地坐在荷塘边，感受花香鸟语，感怀四季更替，诗便流出心底。

读史

小时候读史

历史是大人嘴里一个个动人的故事

中学时代读史

历史变得冗长生硬

一个公元前公元后就搅得你头痛

大学时代读史

历史变成了人名

读郭沫若读范文澜读翦伯赞

有时还读我们的教授

后来走出校门

在书斋里读

创世史诗英雄史诗

新方志旧方志

春秋史记后汉书

在荒野里读崖画碑刻

在电视机前读新闻联播

再后来就把古旧的和新鲜的融为一体

工工整整地写出一行行

不古不今的历史

后记：发表于1994年《保山史志》第一期（创刊号）。小时候读《西汉的故事》，津津有味。高中为高考始接触历史课本，死记硬背，有些枯燥。大学里上历史课，同学们开始讨论不同的史学观。后来编史修志，对历史有了一些自己的观点。这首诗，是我读历史的历史记载。

这里的春天
——读浅绛彩瓷花鸟画有感

这里的春天是文人雅士的春天
是百年前
从新安走出的文人
在吟诗作画的瞬间
在为生活的艰辛感叹的瞬间
突发灵感的杰作
是程门轻轻涂就的一只绶带鸟
是金品卿挥毫点染的桃红柳绿

这里的春天是陶工艺人的春天
是景德镇陶工千年的吟唱
是御窑厂画师个性的张扬
那些或立或卧的瓷器
呈现比宣纸还要诱人的莹润的平面
那些为皇家蹈规蹈矩填写人生的画师
终于在有一天迸发出压抑许久的激情和才情

那诱人的莹润的平面啊
终于出现了山花浪漫的春天

这里的春天是永恒的春天
富贵的牡丹绽放
娇艳的桃花红遍天际
杨柳依依
风吹绿草
燕子翻飞
百鸟歌唱
满园春色
佳境难忘
当一朵花一只鸟
把春天的消息传递给我们
春日的美景就永驻心间

后记：此诗作于2010年4月，距离上一首诗的写作时间已有十多年。新诗属于年轻人，年龄越大越没有写诗的激情。大概从1992年开始我喜欢上收藏古玩，主要是一些普通的瓷器，后来逐渐向浅绛彩瓷器专题收藏发展，尤喜瓷壶，2008年编著《浅绛彩瓷壶名家作品欣赏——藏壶手记》一书，由云南美术出版社出版发行。在浅绛彩瓷的收藏和鉴赏中，有感而发，写了这首读浅绛彩瓷画的诗。

云南的春天

云南的春天是高原的春天
云贵高原的风清清地暖暖地吹
吹出了一片浅浅的绿
一片淡淡的红
瞬间
高原在春风的摆弄下变得七彩斑斓
策马高原的汉子
在这迷人的春色中
和着鸟鸣
亮出了高亢、粗犷的歌声

云南的春天是坝子的春天
一个个坝子在群山中舒展开来
一缕缕炊烟在空中飘荡
祥云下有一片坝子叫云南
滇池畔有一个坝子叫昆明
澜沧江边有无数的坝子叫西双版纳

坝子在春天里有些热闹

新翻的土地散发着芳香

机器的轰鸣催促着季节的脚步

田间播种的姑娘

在春的喧闹中

露出了甜甜的微笑

云南的春天是大山的春天

山连着山

路接着路

春的消息

从山脚传送到山尖

满山的杜鹃花次第开放

满寨子的欢歌笑语回荡在山谷

云南的春天是心灵的春天

二十六个民族手牵着手

共同谱写和谐乐章

十月太阳历用智慧丈量神秘的天宇

东巴经用图画描绘远古的历史

长长的贝叶用来书写久远的文明

火塘边的一个故事也许正在讲述人类的起源

那群山中重重叠叠的梯田呈现给你无限的遐思

那临安府宏大的文庙把边陲与中原牵在一起

啊！云南的春天广阔无边

揉进了多少云南儿女的欢声笑语

啊！云南的春天令人惊叹

和谐共荣永续发展

2011 年 1 月 13 日于昆明

后记：此诗为参加单位的晚会而作，我曾在晚会上深情朗诵。

后　记

金羽是我的笔名，我曾用这个笔名在报刊上发表过诗歌、散文，但现在，金羽只是我的一个网名而已。《金羽诗集》收录了我从 20 岁到 50 岁之间写的新诗，其中大部分作品写于我读大学的年代和毕业教书的那几年，算起来激情创作的高峰也就十来年的光景。新诗属于年轻人，无论是创作者还是阅读者，新诗的主角都是年轻人。我的诗情是进入大学中文系后阅读郭沫若、戴望舒、闻一多、徐志摩、艾青、何其芳、郭小川以及歌德、普希金、拜伦、海涅等大量中外诗人的作品后逐渐激发出来的，开始写的诗真是苦思冥想、搜肠刮肚而得，但往往天真幼稚，与那些优秀的诗歌一比，备受打击，很伤自尊。同学中有人在刊物上发表诗歌作品，甚是羡慕。我们班的刘扬、彭国梁经常发表作品，后来还真就成了全国著名的诗人。班上还有发表小说、散文的同学，记得李小刚在《边疆文艺》上发了一篇小说，还用稿费买糖发给大家，那糖让大家吃得香甜。那时写诗读诗的氛围很好，现在看来可能是最好的年代了。在这样的时代氛围中，诗一直让我流连。1984 年，我的诗歌作品第一次在《怒江》上发表，这时，我的诗歌创作已走过了 5 个年头。后来陆续发表的诗，都只是在州市创办的报刊上，相比于我写的散文能在《光明日报》《云南日报》《春城晚报》等报刊上发表，我的诗歌创作看来水平要低一些。再后来，诗写得越来越少。1994 年后，基本不写诗了，直到 2010 年和 2011 年应时创作了两首诗。严格说起来，我真正喜欢写诗的时间也就十来年的光景，诗确实属于年轻人。我写诗不多，但从青春年少到年届不惑的人生履历却在诗中有清晰地反映，是我青春岁月的真实写照，今天读来，倍感欣慰。

《金羽诗集》共收 60 多首新诗，我所创作的绝大部分诗歌作品均已收入此集。集中多为抒情诗，仅有一两首叙事诗。发表过的诗原文照抄，未发表过的诗除明显的错误加以纠正外，基本不改。在整理出版的过程中，我想到一个主意，就是给每一首诗写个后记，把当年写诗的背景、今天读诗的感想写入后记，这样可以增加信息，帮助阅读。我没有见过这样的诗集，也许这就是我的创意吧。从多年前开始，我更喜欢阅读和写作散文，新诗于我渐行渐远。《金羽诗集》是我新诗创作的总结，是对逝去的青春的怀想。

大学同学、云南师范大学文学院教授禹志云为诗集作序，乡友刘诚林为诗集的出版付出了心血，在此一并表示感谢。

和金星

2017 年 9 月 20 日于昆明